비밀번호 관리자

황금알 시인선 263
비밀번호 관리자

초판발행일 | 2023년 2월 15일

지은이 | 강홍수
펴낸곳 | 도서출판 황금알
펴낸이 | 金永馥
주간 | 김영탁
편집실장 | 조경숙
표지디자인 | 칼라박스
주소 | 03088 서울시 종로구 이화장2길 29-3, 104호(동숭동)
전화 | 02)2275-9171
팩스 | 02)2275-9172
이메일 | tibet21@hanmail.net
홈페이지 | http://goldegg21.com
출판등록 | 2003년 03월 26일(제300-2003-230호)

값은 뒤표지에 있습니다.
ISBN 979-11-6815-043-0-03810

비밀번호 관리자

강흥수 시집

황금알

권두시

— 훌륭한 시란

덕유산 자락 사탄마을의 용추폭포

다이빙 소리 우렁차고 주위 솔잎들 생글생글하다

경치에 감탄사를 연발하며 사진을 찍던 중

뛰어난 사진작가는 소리까지도 찍어내는 것이라고

어느 시인이 웃자고 한 말 속에서 문득

시소설이란 새 장르가 무성해지는 현 문학세계에서

좋은 시를 넘어선 훌륭한 시란 무엇일까 골똘하다가

인생을 절절히 묘사하는 시가 아닐까 생각한다

덕유산의 소변줄기처럼 힘차게 쏟아지는 폭포같이

사진처럼 잠잠히 서 있지만 활력 탄탄한 소나무같이

굴곡 많은 산길 같은 생활을 실감나게 표현하여

독자들 마음에 산울림 같은 파동을 일으키는 시

그런 시가 훌륭한 시이지 않을까

아름드리 소나무처럼 고요히 고찰해 본다

차 례

1부

2부

3부

1부

뿌리에는 가시가 없다

곡괭이로 가시나무를 캐내면서 알았다
뿌리에는 가시가 없다는 것을

밑동에서 가지 끝까지 촘촘하게 둘러싼 가시
건드리기라도 하면 단번에 푹 찔러
피 철철 흘리게 할 것처럼
날카로운 방어 태세를 취하며
야금야금 땅굴 파듯
자드락길 밑으로
밭둑 밑으로
뿌리의 길을 만들어
고추밭까지 영역을 넓혀온 나무
그런데 이 지독한 가시나무조차
뿌리에는 날카로움이 전혀 없다

사람의 근본도 그렇지 않을까

뿌리

비틀거리듯 뻗어 나간 뿌리를 본다
돌을 만나면 감싸듯 돌아나간 뿌리를 본다
굴곡 많은 인생살이처럼
뿌리 중에 고속도로처럼 쭉 뻗은 것은
단 한 가닥도 없다

눈 비 바람을 견뎌내며
다른 나무들의 가지와 부딪치지 않기 위해
뒤틀리듯 뻗은 가지들 못지않게
캄캄한 곳에서 힘겨운 생을 이어가는 뿌리의 모습이
어쩌면 깊은 한숨 몰아쉬는 어느 인생인가도 싶다

숙임에 대하여

푹 숙였다가 꼿꼿해지길 반복하는 대나무
굴종과 허세의 모습을 반복하는 광대 같다

하지만 대나무는
굽힐 수 있는 만큼 굽혀댄 것이 아니라
버틸 수 있는 만큼 버텨 휘어졌던 것
세찬 바람 앞에
자발적으로 조아린 것이 아니라
팽팽한 곡선으로 자존심을 유지했던 것

비밀번호 관리자

포털사이트에 접속하려는데
다섯 번이나 문전박대를 당했다
암호가 올바르지 않다고
인터넷 세상 속의 나와 대면하지 못하게 했다

인터넷 세상의 내가 또 다른 나의 일부분이듯
이 세상의 나는 다른 세상의 나의 일부분일까

오십여 년 동안 마음속을 들락거리며
근원적인 나를 만나고자 부단히 노력했으나
결계라도 쳐놓은 것인지
비밀번호를 잘못 입력하는 것인지
아직 단 한 번도 나 자신을 만나지 못했다

섭리

성격 급하게 수시로 깔짝거려도
도무지 열리지 않는
자물통이 있다
아무리 소리쳐 부르고 쾅쾅 두드려대도
대답 없고 꿈쩍 안 하는
봉인된 문이 있다

어느 순간 스스로 자물통이 풀리고
삐걱대는 소리조차 없이 활짝 열리는
운명의 문
그런 현상을 혹자는
세월의 답이라고도 하는데
정확하게는 하늘의 열쇠다
문의 주인에게만 적정한 때 제공되는

존재하는 것에는 의미가 있다

꽃처럼 화려한 인생이라 잘난 척 마라
붉은 장미꽃이 초록 잎사귀 없이 돋보이더냐

독한 가시 선인장이라 비방하지 마라
순한 꽃 피워내는 여린 속을 통찰해 보았는가

울퉁불퉁 모과 못생겼다 흉보지 마라
얼마나 그윽한 행복 향기인가

존재하는 것에는 하늘의 뜻이 있다
함부로 내뱉어 상처를 주지 마라

벽

눈만 뜨면 보이는 게 벽이고
벽 속에서 사는 게 인생이라지만
참으로 허물기 어려운 벽이 하나 있다
마음이란 철벽
한순간에 흔적 없이 사라지기도 하지만
죽음의 손아귀조차 허물지 못하는 독기
휘몰아치는 태풍도 닿지 않고
쫙쫙 쏟아지는 폭우도 적시지 못하고
색깔마저도 수시로 바뀌어 형용하기 어려운
쌓고 쌓아 두께도 넓이도 높이도 알 수 없는
마음이란 벽

겹겹으로 칭칭 동여맨 어둠침침한 벽 속에서
오늘도 온종일 웅크린 마음 하나

꽃샘추위와 봄바람 이유

꽃샘추위가 해마다 반복되는 까닭을
이제야 알았다
한겨울에도 버티던 플라타너스 잎사귀가
세찬 바람에 펄럭펄럭 떨어지는 걸 보고 알았다
작년 잎사귀를 떨어뜨려
새싹 돋을 자리 마련하기 위해서라는 것을

왜 해마다 사월이면 바람이 그리도 잦은지
이제야 알았다
동백 꽃봉오리를 엄지와 검지로
살살 쓰다듬다가 알았다
문지를수록 한 잎 한 잎 피는 꽃잎을 보면서
사월 바람이 꽃과 새싹 틔우는 도우미라는 것을

바라보는 곳에 희망이 있다

인생살이 갑갑하여 대문 밖으로 나왔다
의미 없이 그저 멍하니 바라본 무논에는
백로 한 쌍이 유유히 먹이를 찾고 있다
백로의 하얀색에 초점이 머무는 동안
마음이 잔잔해지고
어느 순간 개구리 소리 들려온다
실금처럼 살랑대는 무논의 실바람도 보인다
써레질해놓은 저 논에는
조만간 모내기가 시작되겠구나 하는
희망 심기 감각이 돌기 시작한다
풍경에 심취될수록
끝없이 추락하던 마음의 우물 속으로
빛줄기가 스며들고 있다

벼락

벼락이 쫓아온다
흠칫흠칫 종종걸음치는데도
째려보듯 날카롭게 번쩍거리며
바로 옆과 앞과 뒤에 확확 떨어진다
어린 시절 칠월의 그 여느 날처럼
고함치며 화를 내듯 천둥까지 쳐대면서
정수리에 꽂기라도 할 것처럼
성큼성큼 쫓아온다

죄를 지으면 벼락 맞아 죽는다는 말을
자주 듣던 초등학교 시절
벼락이 치면 잘못한 일들이 번쩍 떠올라
화들짝 놀라곤 했는데
저지른 죄들이 첩첩 쌓인 지금은
만성이 되었는지
천진하던 시절 같은 두려움이 아예 없어
차라리 더 괴롭다

하늘이 그린 수채화

비스듬히 열어놓은 창문에
하늘이 빗물 수채화를 그린다
거꾸로 된 산맥을 쉼 없이 그린다
온종일 덧칠하는 모습이 꽤나 열심이다
저 그림은 아마도 비가 그치는 내일쯤엔
내가 모르는 지하의 어느 환상적인 마을에서
전시가 되지 않을까 싶다
틀림없이 희귀 작품으로 각광 받을 것이다

꼭짓점

꼭짓점 하면 떠오르는 것들이 있다
칼바람도 찔려 울고 갈
송곳처럼 날카로운 꼭대기
인생살이만큼이나 어두운 밤길의
방향 축인 북극성
외로운 국외교포들처럼
군락 이뤄 별을 헤는 길림성의 피라미드
정상을 깎고 다듬어 왕관 만든 듯한
백두산과 한라산
직선이든 곡선이든 길든 짧든
통일처럼 결국 만나는 점
그리고 누구나 예외 없이
언젠가는 사라지듯 통과해야 하는 소실점

해방

찌든 때로 재색이 된 태극기는
울적한 마음처럼 축 늘어지고
휘휘한 운동장엔 어스름마저 깔리고 있다

단풍잎에서 퉁퉁 튀는 햇살보다도
더 신나게 뛰어놀던 아이들
벚나무 오르내리며 지저귀는 참새들보다도
더 흥겹던 웃음소리

코로나로부터 언제쯤 벗어나
눈부시게 펄럭이는 태극기처럼
팔팔한 세상을 맞이할까

악 소리

악쓰는 소리가 고요를 찢어발기는
여섯 시경 출근길
푸들 강아지와 산책하던 작달막한 칠십 대 노인이
스페니시마스티프와 산책하던 키 큰 삼십 대에게
삿대질해대며 일방적으로 발악 대고 있다
엄청난 피해라도 본 것처럼

"기다리라고 했잖아, 새끼야~~~!!!"

아마도 개를 데리고 산책하는 중에
개들끼리 으르렁거리지 않았는가 싶다

"너 같은 자식은 사회생활도 제대로 못 해~!"

개 같은 훈계질로
공원의 아침이 열 받고 있다

꿈속에서 거짓과 싸우다

안을 들여다볼 수 없도록
칠십 년대 녹슨 함석으로 얼기설기 만든 돔
온갖 술수와 부패가 팽배한 듯
퀴퀴하고 냉랭한 기운이 휘감아 도는데
냇물 아래쪽에서 누런 기왓장 만드는 오십 대 부부
물에서 기왓장을 만들다니
참 희한한 일도 다 있다고 생각하면서
무릎 높이 냇물을 중간쯤 건너고 있는데
흙탕물을 내 눈에 확확 뿌려대는
핏기 하나 없는 백지장 같은 얼굴의 부인
순간 귀신 따위가 감히 사람의 세상에서 내게!!
라고 기가 뻗쳐 오르며
맑은 냇물을 콱콱 뿌리는 반격 중에 깨어보니
적막마저 멈춰선 새벽

까마귀 소리

까악까악
이른 아침부터 발악하듯 내지르는 경고 소리
귀신도 보여야 할 사람에게만 보이는 것처럼
겹겹으로 뭉쳐진 어둠의 예고 소리가
괴로움 닥칠 사람에게만 콕콕 박혀오는 것인지
아무렇지 않게 일상을 시작하는 사람들

창문 스치듯 날아가며 급박하게 우짖는 날엔
여지없이 모습 드러내며 가슴팍 찔러대는 사건들

어차피 닥칠 고통이라면 미리 알고 싶지도 않은데
검은 영적 사자처럼 동틀 무렵이면 솟구치는 소리로
불길한 예언 하듯 마음 온통 휘저어대는 새

닭이 사라진 도심 하늘을 콱콱 쪼아대는 소리
낫으로 뎅강뎅강 잘라내고 싶은 소리
폭우처럼 쏟아지는 컴컴한 소리 떼

오늘은 또 어떤 괴로움이 고개 불쑥 들이밀려나

본향

집터조차 흔적 없이 치워진 옛집을 다녀왔다
이제는 남의 밭으로 바뀐 땅인데
꿈속에서 초가집 뜰 안을 서성이고 있었다
옛집 인근에 새로운 집을 지은 지도 사십 년
부모님도 새집에 거처하시는데
어찌하여 마음은 지금까지도 옛집을 들락거리나
겨울이면 외풍이 심해 때때로 오들거리고
여름이면 바람이 안 통해 땀 흘리던 집인데
무엇이 이토록 마음을 끌어당기는 것일까
살기 편한 아파트에서 생활하고
멋지고 호화로운 곳에서 잔 때도 여러 번인데
집 꿈을 꾸게 되면
영락없이 초가 옛집에 있는 내 모습

이 세상에 태어나 십여 년 산 곳도
본향이라고 생생하게 드나드는 꿈속인데
영혼이 태어나 헤아릴 수 없는 세월을 살아온
영혼의 고향은
왜 꿈속에조차 찾아가지 못하는 것일까

너무나 머나멀고 갈 길을 모르기에
영혼조차 다녀오지 못하는 것일까
내가 존재하는 곳은 이 세상인지라
이 세상 꿈밖에 꿀 수 없는 것일까

정신의 힘

꿈속 악다구니가 입 밖으로 튀어나와
꿈 밖의 두 귀에 날카롭게 꽂히는 통에
화들짝 깼다
까마귀 소리조차 들려오기엔 너무 먼 오밤중
식물인간처럼 잠든 육체마저도 움직이는
정신이란 무엇일까 생각해본다
꿈에서 돌팔매질을 하는 순간
잠자던 팔이 허공에 휙 팔매질할 때도 있고
꿈속 축구 경기에서 공을 뻥 차는 순간
오른발로 이불을 걷어차 깨는 밤도 있다
현실과는 동떨어진 듯한 꿈에서조차
육체를 움직이는 정신의 힘은 무엇일까
잠재우듯 육체를 죽음으로 이끌어갈 정신은
어떠한 모습일까

이식 당한 단풍나무

반쪽이 잿빛으로 죽은 단풍나무
표피가 찢어발겨지듯 여기저기 떨어져 나가고
그을음 같은 곰팡이가 휘감은 몸통은
극심하게 가뭄 든 논바닥처럼 쩍쩍 갈라졌다
뿌리가 끊어지고 가지가 뚝뚝 잘린 채
강제 이식으로 힘겹게 살아가는 내력이
연해주에서 중앙아시아로 강제로 이주당한
우리 동포들 같다
팔 미터가량의 크기로 보건대
첫 정착지에서 정상적인 삶을 살았다면
짧지 않은 세월 속에 가지가 가지를 낳아
손주 증손주 고손주의 가지까지 늘렸을 터인데
표정을 빼앗겨버린 가지 두 개를 포함하여
큰 가지 네 개만 남겨진 채 잘려져 나가고
고통과 슬픔 같은 옹이만 가득히 박혀 있다

희망 없는 황금시간

오늘도 마음을 호되게 짓눌러댄다
참 한결같기도 하다
비방과 헐뜯기가 난무하는 정치판과
살인 사기 붕괴 등 갖가지 사건 사고 뉴스가
포승줄에 결박되어 나오듯 줄줄이 소환된다
기쁨을 주는 소식 한마디 없이
마음 멍들게 하고 스트레스 가중시키는 뉴스에
나라를 생각하는 국민들 꽤나 암에 걸리겠다
어쩌면 하도 이골이 나 무감각해지거나
뉴스 듣기를 회피하거나
저런 것쯤은 일상이라고
부지불식간에 세뇌되고 있을지도 모르겠다
일터에서 돌아온 저녁 식사 황금시간대에 멈춰
소화 불량거리 뉴스는 잊거나 늦지도 않고
꼬박꼬박 잘도 찾아온다

잠결의 시

어젯밤 잠결에 시를 썼는데
새벽에 흩어져버린 꿈처럼 생각이 나질 않아
나름 좋다고 흐뭇했는데 시어들이 가물가물해
적막의 무게를 감당하지 못해
가슴이 짜부라지던 모습을 표현했는데
내면으로 삭히는 침묵의 소리라 했던가
높은 파고에 고립된 외딴 섬 같다고 했던가
한 장의 백지보다도 적막하여서
무한대 속에 갇힌 고독이라 했던가
두 연으로 쓴 시였는데
아스라이 멀어져간 아리따운 추억처럼
기나긴 여운으로 맴도는 아침

시간 꽃

시간 꽃이 피었다
대나무들이 한세상 작별 인사로
처음이자 마지막으로 치렁치렁 피워냈다
바람에 치이고 한파에 싸늘해지면서도
사그라지는 열정을 끌어올려 피워낸
세월 꽃
신기한 꽃보다도
살아온 내력이 더 아름답다

부드러운 길

발바닥을 부드럽게 받아주는
갯벌을 간다
걸음마다 튕겨내듯 딱딱한 보도블록 대신
폭신하게 발목 잡아주는 바닷길을 간다
차를 타고 가도 마음 편치 않은 직장 대신
지게를 지고 가도 콧노래 나오는 굴밭을 간다
봄이 와도 풀 한 포기 날 수 없는 콘크리트길 대신
겨울에도 손톱만 한 게들이 바글대는 갯바다를 간다
긴장되는 사각형 사무실이 아닌
원만한 곡선이 정겨운 갯벌을 간다
세상 딱딱한 길이 아닌
마음 부드러운 길을 간다

낙엽길

은행잎과 플라타너스 잎사귀
수북하게 내려 쌓인 새벽길

밤새도록 쌀쌀한 바람은
가을을 데리고 떠나가고
온밤 내 차가운 비는
겨울을 데리고 왔다

계절을 배웅하고 맞이하느라
허리 펼 새 없는 가로등
그래도 얼굴 환하게 웃고 있다

한겨울 파도

굶주린 도시의 늑대 떼처럼
하얀 이빨을 드러내며
맹렬히 달려들고 있었다

세월의 경계를 뛰어넘으려는 무모함처럼
허공을 향해 치솟아 오르고 있었다

날카로운 바늘처럼 예민해진 솔잎 사이로
칼바람은 모질도록 쏴아아 지나가고 있었다

침묵이 폭발한 세상처럼
한겨울이 요동치고 있었다

하늘 산책

목욕탕 굴뚝에서 신선 같은 하얀 연기가
피어오르는 아침
절벽 같은 구층 아파트 베란다에서 내다보는
허공 같은 하늘
바람 날개옷을 입고 구름 신발을 신고
저 텅 빈 듯한 공간 속을 거닐고 싶다
근심 불안 걱정 웃음마저도 비워진
끝 모르게 깊고 깊어 시퍼런 우주의 바다
한숨 소리보다도 가볍게 걷고 싶다
하염없이 걸어도 발바닥이 아플 것 같지 않은
흔적 남기지 않는 하얀 길을 휘돌고 싶다
사막의 별밤보다도 아득한 고요 속에 스미다가
푹신한 목화 구름에 싸여 시간 잊은 잠에 취해도 보고
반짝반짝 손뼉 치듯 부르는 별들의 하늘 노래 속에
온밤 내 꿈결 같은 명상에 잠기다가
문득 무엇인가 높고 깊고 넓은 깨달음을 얻으면
하늘 비단 폭포인 빗줄기를 타고서
흙냄새 따라 새싹처럼 내려서고 싶다

2부

학교 가는 길

아버지들이 자식들을 업고
허벅지까지 닿는 계곡물을 건너고 있다
아이를 학교 보내기 위해
히말라야산맥 아래 강처럼 이어진 얼음물을
바지를 벗고 마른 나무 같은 다리로
아이가 젖을세라 먼 길을 건네주고 있다

계곡물 통해 되돌아가는 아버지들의 등 뒤를
감사와 안타까움과 슬픔이 범벅된 눈으로
까무잡잡하게 바라보는 아이들의 모습이
얼음물만큼이나 추워 보인다

튼튼한 다리를 놓아주고 싶다
배움길을 만들어주고 싶다
예전 우리 모습을 보는 것만 같아서
얼굴마저 우리와 너무나 비슷해서
저녁 식사마저 목이 메인다

뜨거운 밥상

거동 불편한 팔십칠 세 아버지가 밥상을 차리신다
소라와 돌게를 잡아 바다에서 돌아온 아들을 위해
뜨뜻한 점심을 차리신다
직접 차려서 먹겠다고 여러 번 만류해도
힘들지 않다며 엉거주춤 서서 차려 놓으신다
스무 살이 넘은 아이들에게 차려는 줘도
받아보지 못하는 밥상을
구십 도 허리 굽은 부친으로부터 뜨겁게 받는다

서산버스정류장

막차로 서산버스터미널에 다다르니
문득 포근한 옛이야기가 아련하게 떠오른다
1986년 크리스마스 즈음의 폭설이 쏟아지던 날
대전에서 7시간 만에 도착한 서산버스터미널
쌓인 눈 때문에 택시마저 운행 못 하는 밤 11시경
여관비마저 없던 고교생인 나는
대합실 난로 옆에서 처량한 심정으로 서성이는데
아들을 마중 나온 아주머니와 스무 대 고모는
무리에서 떨어져 배회하는 송아지가 마냥
덩그러니 있는 내가 이상했는지
왜 집에 안 가냐고 묻더니
선뜻 지갑을 열어 여관비를 주었다
천사처럼 환하던 그 얼굴들은
이제는 가물거려 초점도 안 잡히지만
지금 갑자기 눈시울이 따스해지는 것은
아름다운 인정의 불꽃이
터미널 대합실에 추억으로 피어오르기 때문이다

폐차

달구지를 이용하던 시절
굴 따러 가신 부모님 방향으로 큰 눈망울 끔뻑이며
한겨울 찬바람 속에서 하염없이 기다리던 황소처럼
한여름 땡볕을 세 시간 동안 고스란히 쪼이며
소라와 게를 잡으러 간 나와 아내를 기다린 승용차
먼지투성이 독거노인 같은 모습이 얕보였는지
새마저도 똥 싸지르고 갔다
고추 마늘을 빼곡히 싣고
비포장 산길을 터덜터덜 달리다가 펑크도 나고
지게까지 싣고 바닷가 다니느라 녹 심하게 슨 것이
황소만큼이나 안쓰러워
이 차도 나를 만나 이십 년 가까이 고생했네
인제 그만 부려 먹고 푹 쉬게 해줘야겠어
라고 했더니 옆에서 아내가 볼멘소리로
차만 고생했나?! 나는 더 심하게 했구먼!!
자화자찬으로 제 점수 깎아 먹는 소리를 하면서
차가 멈춰서기 직전까지 계속 타야지!
라며 끝장 결론을 내린다

걱정만 해댄다면

바다의 여왕 참돔을 낚아 올리며
봄날의 버드나무처럼 즐거워하는 도시어부들
고향 바다라서 더 흠뻑 빠져든 내 모습에
아내는 우리도 퇴직 후 귀농하면
배 한 척 장만해서 낚시하잔다
뭐든지 오래 하면 사고가 발생할 수밖에 없고
바다에서 사고 나면 죽음이라고 말했더니
살아간다는 자체가 모험인 세상에서
그렇게 걱정 태산으로 시도조차 안 한다면
도대체 할 수 있는 것이 뭐가 있겠냔다

친하지 않아서

텔레비전 채널을 돌리던 아내가
류현진 선수가 토론토 소속이네?
혼잣말하듯 묻는다

연봉 이백억 원 이상 받으며 옮겼어

아이고! 그 많은 돈을 어디에다 써?

별걱정을 다 한다는 생각에
그렇게 걱정되면 당신이 써주겠다며
이억 원만 달라고 해보랬더니

친하지 않은데 줄까? 그런다

퉁퉁한 구박

공휴일과 새파란 가을 햇살이 식욕 돋워
빵빵하게 점심 식사 후 습관처럼 몸무게를 잰다
전자저울은 융통성 없는 나만큼이나 곧이곧대로
살찐 숫자를 드러내 역시나 실망시킨다
어느새 측면에 와 있었는지 아내는
내 그럴 줄 알았어! 조금만 먹고 운동하라니까!
라며 오늘도 어김없이 볼멘 구박을 한다
몇 년 전만 하더라도 살이 찌지 않는 나에게
아무리 맛있는 음식을 해줘도 소용없다며
수시로 퉁퉁한 구박을 해대더니

아직은 다행이다

어처구니없이 실수하는 프로야구 경기에
팔짱을 끼고 선풍기로 열불을 가라앉히는데
탱글탱글한 포도를 사러 가기 위해
이리저리 지갑 찾아다니는 아내
먹이 찾아 헤매 도는 개미만큼이나 쏠쏠 거린다
어제는 핸드폰을 찾고 그제는 차 열쇠를 찾고
챙김과 원수지간인 듯한 모습에 은근히 짜증이 나
남편 잃어버리고 다니지 않아 다행이고 고맙네
라고 빈정거렸으나
대꾸할 가치조차 없다는 듯 쳐다보지도 않는
아내의 뒷모습을 물끄러미 바라보다가 문득
나이가 좀 더 들어내 거동이 불편할 때
정말로 아내가 잃어버리고 다니는 것은 아닐까
섬뜩한 걱정이 개미 떼처럼 몰려오기 시작했다

세수 사랑

어둑해진 퇴근길 종로3가역 지하철을 타려고
에스컬레이터에 발을 들여놓는데
맞은편 난간의 포근한 사랑에 두 눈이 환해진다
두 마리의 고양이가 몸을 밀착한 채
검은 고양이가 누런 고양이의 얼굴을 연신 핥아준다
지나가는 사람들의 둥그런 눈길에 아랑곳없이
검은 고양이는 누런 고양이를 애틋하게 바라보고
누런 고양이는 지긋이 두 눈을 감고 있는 모습이
연애 중이거나 신혼을 갓 시작했음이 틀림없다
그렇지 않고서야 저리 다정다감할 리가 없다
그런데 문득 나를 돌이켜보니
연애 시절이나 이십여 년 결혼생활 동안
단 한 번도 아내 얼굴을 세수해준 적이 없다
좀 미안하여 오늘 밤 흉내 좀 내볼까 생각하다가
이상하다는 눈초리로 째려보거나
어디 아픈가 보다고 놀래어 황소 눈이 될까 봐
평상시대로 일관성 있게 살아가기로 한다

대화 상대를 찾아서

안방에서 세월 흐른 문예지를 추억처럼 음미하는데
거실에서 수다 떠는 티브이를 멍하니 쳐다보던 아내
핸드폰에 걸걸한 웃음소리를 애써 집어넣고 있다
무료함과 겹겹으로 대화가 차단된 집구석을 벗어나
흙과 나무와 새와 햇살과 바람을 만나고 싶어
등산 함께 가자고 누군가를 홀리고 있는 모양이다
한참을 깔깔거리던 아내가 드디어 성공했는지
행복한 표정 같은 알록달록한 등산복으로 갈아입고
현관문 열고 나가는 경쾌한 발걸음 소리가 들린다

초가을

깊고 깊은 하늘바다에
목화 구름 두둥실 떠간다

바람은 나뭇잎에 앉아
살랑살랑 그네를 탄다

매미는 내년 여름에 돌아오겠다고
여기저기 작별 인사하느라 시끌벅적하다

귀뚜라미는 계절 열차 타고 돌아왔다고
분주히 귀가 인사하며 신이 나 있다

햇살을 베개 삼아
나비처럼 낮잠 자고 싶은 날이다

제비

햇빛깔 곱디고운 가을날 아침인데
먼 여행 떠날 채비하는 제비 한 마리 없어
한가한 허전함이 가득 찬 파란 하늘

어린 시절 동무들과 흙 마당에서 놀고 있노라면
빨랫줄에 무리 지어 앉아 왁자지껄 동참하던 새
봄날이면 보랏빛 제비꽃은 여기저기 피어나는데
이제는 천연기념물만큼이나 보기 힘든 새

농약 살포에 먹을 것이 적어서인지
처마 밑 둥지 틀 곳이 없어서인지
인적 뜸해진 시골 동네라 쓸쓸해서인지
돈벌이 찾아 도시로 떠나간 사람들처럼
십여 년 전 따뜻한 남쪽 나라로 떠나가더니
도무지 다녀가질 않는다

고독한 행복

창밖 파란 가을 하늘 아래
햇살 통통 튀는 단풍 잎사귀들
잔잔한 눈길 머물던 여인

시인은 참 행복하겠다

고독한 행복이지요

빙긋이 바라보는 서로의 눈동자에
단풍이 물들고 있었습니다

잘 왔다

가을 햇살과 함께 산책하다가
등받이 의자에 앉아 바라본 어린이 놀이터
잘 왔다
하얀 분필로 놀이기구 낮은 위치에 삐뚤빼뚤 쓴
화살나무 단풍보다도
갖가지 놀이시설보다도
멋지게 지어진 아파트 단지보다도
눈길을 사로잡는 세 글자
잘 왔다
자신이 잘 왔다는 것인지
친구들이 잘 왔다는 것인지
반가움을 한껏 품은
행복함이 듬뿍듬뿍 넘쳐나는
또다시 오리란 것을 알 수 있는
까치 떼의 우렁찬 합창 소리보다도
참새 떼의 요들 방정 잔소리보다도
더 많이 와닿는 구절
잘 왔다

군자 단풍

햇살도 한가로이 노니는 날
등산 즐기는 아내는
초등학교 친구들에게 전화하여
더 늙으면 만나기 힘들다고 꼬시어
경기도 어느 산인가 풍경화 감상하러 나가고
나는 아침 식사 겸 점심을 홀로 차려 먹은 후
일광욕을 즐기는 베란다의 군자란 옆에서
창밖의 가로수 단풍을 물끄러미 바라본다

나무가 동상 걸리지 않도록
곱게 작별하는 잎사귀들을 보면서
나 또한 내가 속한 세상에 피해가 되지 않도록
떠나는 뒷모습이 깔끔하고 싶다는 생각을 한다

철학적인 생각으로 이끄는 단풍이야말로
참다운 군자가 아닐까 싶은
햇살도 단풍잎에서 반짝반짝 명상하는 날이다

잃어버린 왁새

날아가는 기러기 소리 드맑아서 적적하고
이지러진 달빛이 왁새숲에 출렁이는 밤
왁새들도 외로운지 서로 비벼대며 왁왁 울어
그 분위기에 취해 나도 모르게
잊고 지내던 짝사랑이란 노래를 불러본다
아~아 으악새 슬피 우니 가을인가요~~~♬
나라 잃은 시대의 슬픔만큼은 아닐지라도
세월에 흘러가 버린 청춘이 못내 아쉬워
꽃봉오리 같던 짝사랑 소녀를 애타게 부르듯
왁새를 으악새로 늘어지게 불러본다
딱딱한 도시 말 같은 억새라는 표준어보다는
왁새라는 어릴 적 고향 사투리가 그리워
잃어버린 소녀의 이름을 부르듯
구슬프게 불러본다
아무도 들어주지 않는 나만의 으악새 노래를

코로나 정국

아내의 인기는 오늘도 북새통을 이룬다
코로나에 쪽방으로 쫓겨난 지 삼 일째인데도
여전히 핸드폰은 병문안객으로 쉴 틈이 없다
가족이라는 연좌제에 걸려 안방에 감금당한 나는
답답하고 짜증이 뻗쳐오르곤 하는데
아내의 웃음소리가 내 방까지 스며들기도 한다
주변국의 군비 증강에
국가의 안위가 걱정스러운 나는
유튜브 속 우리 군사력에서 희망을 찾고 있는데
당장의 코로나를 물리치는 것이 급선무라는 듯
아내는 자랑처럼 무용담을 한껏 늘어놓고 있다

햇살 튀는 초겨울 아침

추운 밤을 넘어오느라 지친 햇살이
힘겹게 어둠을 쓸어내는 초겨울 아침
음울한 밤 같던 코로나에서 조금은 벗어나
아이들이 통통통 햇살 튀는 축구를 한다
병에 걸린 듯 하얗던 운동장도
활발한 발자국 따라 황토색 윤기가 돈다
회복된 듯한 쾌활한 목소리가 커질수록
딱딱한 표정으로 서 있던 초등학교 건물도
메아리로 신나게 응원하고 있다

팽이는 쉬고 싶다

착착 휘맞으며
팽팽하게 노역하는 팽이처럼
빗발치는 사무실 전화로 인해
신경이 날카롭게 곤두선 나날들
채찍질에 속으로 멍드는 팽이처럼
악성 통화에
무겁게 쌓이는 깨어진 마음 조각들

햇살 스미는 툇마루에서 뒹굴고 싶다
열 받은 몸뚱이를 식히고 싶은 팽이처럼
상처 난 마음이 아물 때까지
푹 쉬고 싶다

아득한 굴밭

어머니가 까놓는 굴을
옆에서 염치 좋게 먹다가 야단맞던 갈매기도
햇살에 더욱 새하얗게 빛나는 모습이
오히려 쓸쓸해 보이던 짝 잃은 백로도
오늘은 오지 않는 천수만 굴밭
북서풍 등지고 굴뼉 채취하는 이곳은
부모님이 갯벌에 나무를 꽂아 일궈 놓은
한평생 생활 터전
팔천 평 굴밭은 시루의 콩나물처럼 굴뼉이 빼곡한데
구십 세 아버지에겐 다녀갈 수 없는 먼 곳이 되었고
왼 무릎 수술한 어머니는 겨우겨우 다녀가시는 곳
눈이라도 내리려는지 서늘한 하늘이 희뿌옇다

지게

어린 시절 겨울방학에는
보름달 같은 땔감이 올라탔는데
중년이 된 지금은
식어버린 햇무리 같은 통굴을 짊어졌다

등짝에 한 몸처럼 밀착되어야
뒤로 버팅기지 않아 나자빠지지 않는 지게
등에 달라붙는 지게가 있어
목적지까지 옮길 수 있는 무거운 짐

가족 또한 그렇지 않을까
어깨 짓누르는 식구들이 있어
인생이란 고달픈 길을
당연한 듯이
세상 끝날까지 완주하는 것이 아닐까

딱새와 백미러

새 한 마리가 차에서 요들 방정 신나 있다
양쪽 백미러를 오가며
느긋하게 앉아 하얗게 영역표시까지 해놓았다
고향 집 바깥마당에 주차해 놓을 때마다
마치 고대했던 것처럼 휙 날아와
사람이 주위에 있어도 아랑곳하지 않고
춤추듯 푸드덕거리는 딱새

왜 저 새는 백미러를 좋아할까
곰곰 생각하다가 문득
거울에 비친 자기 모습이
잃어버린 짝꿍 새와 닮아서일까
라는 생각에 이르르니
마음 한켠이 애잔해진다

선녀의 무지개

소나기가 휘모리장단으로 지나간 뒤
하늘바다 위 구름섬과 구름섬 사이
어린 시절 보았던 둥근 무지개다리 떠 있다

초등학교 일학년 여름방학 때
어머니와 형의 무지개가 예쁘게 떴다는 말에
두리번거리며 찾던 나는 어딨느냐고 물었다
형이 가리키는 손가락 방향으로 아무리 봐도
책에서 본 다리에서 노니는 선녀들은 없었다
형은 웃으며 선녀는 그려놓은 것일 뿐이라 했다
너무나 아름다워 내 누나였으면 얼마나 좋을까 싶고
내가 크면 저렇게 예쁜 여자가 각시였으면 좋겠다고
거듭거듭 펼쳐보았던 책 속의 선녀들
무지개보다 아름다워 선녀를 무지개로 알았던 나는
설레던 행복이 마음 밑바닥으로 새까맣게 추락했다

색깔 고운 악보 같은 다리를
지금 또다시 아득한 회상으로 바라보니
환상의 선녀들이 천상의 노래를 부르고 있다

꿈속의 시험

학과 친구가 헐레벌떡 어디론가 가고 있다
불이라도 났냐며 툭 농담을 던졌더니
한 시간 후 문학개론 시험이 있잖냐고 반문한다
순간 머릿속이 정지한 듯 하얘진다
숯검정처럼 새까맣게 잊고 시험공부를 하지 않았다
낙제 학점 받을 걱정과 일 년 늦게 졸업할 생각 하니
창피한 자존심에 쩍쩍 금이 가고
뙤약볕에서 땀 흘리는 부모님 얼굴이 확 다가온다
어찌해야 하나 막막함 속에 식은땀 흘리며
늦었지만 한 시간이라도 최선을 다해보자 생각하며
허공 딛듯 발걸음을 떼는 순간 깨어보니 오밤중
아! 이미 대학을 졸업하고 직장생활을 하고 있었지!!

화나 이글스

내 고향 야구팀의 별칭은 화나 이글스
하도 지고 또 져 화가 난다고 하여 팬들이 붙인 별칭
아내는 내게 퉁명스럽게 말하곤 한다
스트레스받으면서 왜 또 보냐고
팬들 사이에서는 이글스팀이 우승하는 것보다
남북한 통일되는 것이 더 빠를 것이라고
자학 개그까지 하는 오늘도 역시나 지는 팀
경제에도 정신건강에도 보탬 될 것이 없는데
중독성 강한 마리화나
어쩌면 이 꼴찌 팀의 경기 모습이
인생살이와 비슷해서 애착이 가는지도 모르겠다
오늘은 졌지만 내일은 이길 수 있을 거란 희망
힘든 오늘 속에 미래의 결실을 바라보며 살아가는
소시민들의 생활 같아서
더욱 가슴 짠하게 보고 또 보는지도 모르겠다
부족한 능력 속에서 어떻게든 성공해보려고
발버둥을 치는 우리네 인생살이와 같아서

사랑 사과

태양 빛이 가득 담긴 사과 상자를 선물 받았다
달빛처럼 하얗고 노란 달콤함을 음미하면서
예천에서 서울까지의 거리보다 더 긴
친구의 관심과 사랑을 생각했다
빡빡한 중년을 살아가는 속에서도
가을만 되면 나를 잊지 않았다는 듯 보내오는
청자 곡선미 같은 사과
이제는 관심 밖으로 밀려나는 나이에
사과 같은 친구가 있어 외롭지 않은 늦가을이다

차단된 기다림

중환자실에서 아버지가 나를 기다리신다
죽더라도 집에 가서 죽고 싶다고
가족들이 보는 앞에서 죽고 싶다고
아들이 와서 데려간다고 했는데 왜 안 오냐고
의식이 돌아올 때마다 간호사에게 물으신단다
담당 의사는 퇴원시킬 수 없다는데
퇴원하면 얼마 못 가 돌아가신다는데
간호사는 면회조차 안 된다고 단호히 말하는데
같은 방 중환자들이 코로나에 걸릴까 봐
단 한 명의 가족도 면회가 안 된다는데
아버지는 하염없이 나를 기다리신다
이 세상 가장 소중한 목숨 앞에서
부친의 마지막 소원마저 들어줄 길 없는데
오늘도 간호사는 곧이곧대로 전달한다
영혼 없는 전화기로
까마득히 멀리
대책 없는 상황을 던져놓는다

돌아가신 아버지

허리 펴고 돌아가셨다
소나무처럼 구십 도로 단단하게 굽어졌던 허리가
청년처럼 펴진 채 소천하셨다
통증마저 느끼지 못하는 기력 소진 속에
병원에서 일자로 누워계시는 동안 곧게 펴진 허리
허리 때문에 백 미터 걷는 것조차 힘겨워하시더니
뼈마저 기력 소진이 되었는지 반듯하게 펴졌다
가족들 생계와 자식들 뒷바라지로 인한
훈장 같은 허리 굽어짐인데도 창피해하시더니
이 세상 마지막 추억은 멋있게 남기고 싶으셨는지
대나무처럼 허리를 쭉 펴고 가셨다
어제 오후 하늘엔 북서풍이 세차게 몰아치고
재 같이 날리는 구름에 가려진 태양은
피처럼 새빨갛더니
먼 길을 가시듯 이른 아침 길을 나서셨다

고향은

과거의 고향은
그리움이고

현재의 고향은
쓸쓸함이며

미래의 고향은
꿈입니다

누구에게나 본능처럼 깃들어 있는 고향은
언제나 푸근한 어버이 같은 품속입니다

빗방울

투두둑투두둑
유리창을 두드리는 빗방울 소리

그 누구의 절절한 그리움이기에
저토록 흩뿌리며 날아오는가

휘휭휘휭
창틀을 붙들고 목메는 소리

그 누구의 애달픔이기에
하늘까지 뻗쳐올랐다
방울방울 떨어져 내리는가

3부

비겁자들

사대주의와 유교 사상에 어긋나는 고서 소지자는
역적으로 보겠다며 전국의 고대 사서를 모아 없앤
태종 세조 덕종 성종 예종
한민족의 정신 뿌리를 말살하기 위해
남산에서 이십여 만권의 고서를 태운 일제 총독부
일제 강점기 조선사편수회에 몸담은 채
식민사관 만들기에 동참한 이병도와 신석호
1980년대에 환단고기가 세상에 드러났음에도
위서라며 재고할 가치가 없다는 국사 교수들
죽음을 앞둔 이병도가 단군조선은 실재했다고
1986년 조선일보를 통해 참회처럼 진언하자
노망들어 헛소리했다고 애써 무시한 제자들
환단고기의 어떤 부분이 맞는지 틀렸는지
고증부터 하는 것이 아니라
자신이 배운 내용과 다르다는 이유로
중국의 역사서와 부합되지 않는다는 이유로
매장하려 드는 수많은 주류 역사학자들
거대한 역사의 진실 앞에서
자신의 지식이 무너지는 것이 두려워
위서라는 말 뒤에 숨어버리는 비겁자들

식민사관

조선민이 제정신을 차리고 찬란하고 위대했던
옛 조선의 영광을 되찾으려면
백 년 이상의 세월이 걸릴 것이다
우리 일본은 조선민에게 총과 대포보다 더 무거운
식민교육을 심어 놓았다
일제의 마지막 조선 총독 아베 노부유키가
세계 2차대전에서 패한 후 조선 땅 떠나며
저주처럼 남겨놓은 말처럼
이천이십 년 대까지도 식민사관에 묶여 있는 정신들
상고사의 환인 환웅 단군 등을 신화로 둔갑시키고
일본보다 육백여 년 짧은 역사로 왜곡시켰으며
자긍심을 잃게 하는 식민사관을 심어놓은 총독조차
찬란하고 위대했다고 인정한 단군조선에 무지한 채
반도 사관에 갇혀 있는 환단의 후손들
일제에 의해 20여만 권의 고서들이 태워졌는데
그나마 잔존한 환단고기 규원사화마저 위서라며
고증조차 하지 않는 강단의 역사학자들
그런 자들로부터 식민사관을 교육받고
역사 지식 자랑하는 자칭 곰의 후손들

역사 비극

한국의 독립을 도왔던 호머 헐버트 선교사는
한국민에게는 외국으로부터 도입된 것도 아니고
자연숭배 사상에서 비롯된 것도 아닌
하나님 신앙이 수천 년 전부터 존재한다고 하면서
이 고유의 신은 기독교의 신 여호와의 속성과
놀랍도록 일치한다고 하였다

이런 신앙을 기록한 책이 단군조선 때 쓴 신지비사
그러나 태종은 충주사고에 있던 신지비사를
궁궐에 가져오게 하여 읽어본 후
성리학과 사대주의에 반한다고 하여 불사르게 했다
세조는 팔도 관찰사에게 명하여
고조선비사 대변설 조대기 주남일사기 지공기 표훈
삼성밀기 삼성기 도중기 수찬기소 1백여 권 동천록
마슬록 통천록 호중록 지화록 도선한도참기
등의 서적을 수거하도록 하여
불태우거나 춘추관에 보관하도록 함으로써
백성들이 읽지 못하도록 원천적으로 차단했다
예종은 이런 금서 소지자를 참형에 처하도록 했다

그나마 보관이나 잘했으면 현재라도 읽어볼 텐데
외세의 침략 때 춘추관과 함께 불타버렸다

단군세기를 쓴 고려 말기 이암의 후손이며
세조부터 중종 때까지의 문신 이맥이
고대 사서들을 보고 태백일사를 집대성하여
비밀리에 후손에 전하던 중
일제 치하 때 홍범도 오동진 장군의 자금 지원으로
삼성기 단군세기 북부여기 태백일사를 엮어
환단고기란 제목으로 세상에 나왔으며
1980년대에는 누구나 볼 수 있도록 출간됐음에도
주류라는 강단 역사학계에서는 위서라며
내용에 대해 고증조차 하지 않고 있다

역사학자들이라면 누구나 알고 있는 신채호가
중국 도서관과 유적지를 드나들며 쓴 조선상고사와
환단고기가 일치하는 부분이 상당히 많으며
배달과 단군조선 유적이 한반도를 비롯하여
홍산문화의 적봉과 요서 요동 산둥반도에서

대대적으로 발견됨에도 불구하고
단군조선조차 신화 속의 국가처럼 취급하고 있다

역사는 혼이다

국가는 형체요 역사는 혼이라고
고려시대 이암은 단군세기 서문에서 말했다
혼이 나간 육체는 시체이거나 식물인간이고
정신 못 차리는 혼은 정신병자라는 말일진대
드넓은 영토를 빼앗기고 겨레의 얼은 잃어버린 채
강대국들의 틈바구니에서 눈치 보며 사는 분단국

조상들 혼이 깃든 대륙은 이웃 나라 땅이 되어버리고
사대주의와 유교 사상에 사로잡힌 왕이란 자들은
고대 사서들을 전국에서 강취하여 불태워버려
역사의 혼은 왜곡된 식민사관 속에 빠진 지 백여 년

국사가 독립될 그 날은 언제일까

어메이징 그레이스(낙원 조선)

체로키 인디언의 민요를 듣는다
아메리카 대륙에 이주한 이래
조상 대대로 살던 땅을 빼앗기고
낙원 조선을 옛 모국어로 아프게 그리워하는
잃어버렸던 형제들의 향수를 듣는다

인디언의 사상과 전통을 간직한 마지막 부족 호피족
새 세상이 열릴 것이며
하느님이 자신들을 구원할 것이라는
꿋꿋한 믿음 속에 살아가는 우리와 닮은 사람들
선조들의 아시아 고향 땅과
상고시대 성스러운 세 개의 나라를
막연히 그리워하며 살아온 사람들
아시아의 형제들이 호피족에게 올 것이라는 예언이
성취되길 고대해온 소망인들

자신들이 누구이고 호피라는 명칭이 무엇을 뜻하는지
궁금해하면서도 해답을 얻지 못했는데
옛 나라가 단군조선으로서 오늘날의 한국이며

호피라는 말이 한국어인 호랑이 가죽이라는 것을 알고
정체성을 비로소 알게 되었다며
호피족 마이클 리스트가 감격에 복받쳐 운다

우리는 너무 늦게 찾아갔는데
그토록 그리워하던 상고사의 대륙을 잃어버렸는데
반도마저 분단되어 형제끼리 총부리 겨누고 있는데
기다린 형제들에게 해주는 것도 없는데
호피족 형제가 감격에 겨워 운다

환단고기

밟아도 뿌리 뻗는 잔디 풀처럼
시들어도 다시 피는 무궁화처럼
끈질기게 지켜온 아침의 나라
옛날 옛적 조상들은 큰 나라 세웠지~~~♬

군대 생활하던 시절 아리랑 겨레를 부르면
젊은 가슴속으로부터 뜨겁게 복받쳐 오르던
자긍심과 슬픔
만주를 비롯한 대륙을 모조리 잃어버리고
역사마저 왜곡 당하고 수탈당하는 민족
한반도조차 이념과 정치의 철책으로 발길 끊긴 채
서로를 향해 총칼을 겨냥한
남보다도 못한 현실이 되어버린 형제의 나라

국가와 민족과 세상을 소중히 여기는 그대
세계역사의 뿌리에 대해 상상을 해봤는가
한국 민족의 뿌리에 대하여 생각해 보았는가
조선과 한국이란 국호의 유래에 대해 아는가
고구려란 국호와 부여란 국호의 의미에 대해 아는가

코리아란 국호의 뿌리에 대해 아는가
삼성기 단군세기 북부여기 태백일사를 엮어 발간된
환단고기를 읽어보았는가
구천 년 역사에 대해 들어 보았는가
천부경 팔십 일자의 의미에 대해 아는가
재세이화 홍익인간 정신을 음미하며 살아가는가

우리 모두 단 한 번만이라도 읽어봤으면 좋겠어
무작정 위서라고 단정하지 말고
반대를 위한 반대를 하지 말고
천 년에 걸쳐 쓴 환단고기를 읽었으면 좋겠어
뜻이 있는 이들은 고증했으면 좋겠어
어느 부분이 맞고 틀리는지를
그래서 올바른 역사를 대대손손 전했으면 좋겠어
자신의 기존 역사 지식이 무너지는 것에 두려워 말고
환이란 무엇인지
재세이화 홍익인간이란 무엇인지
되새기며 살아갔으면 좋겠어

중국인들과 일본인들은 없는 역사도 만드는데
실존한 자신의 역사마저 부정하는 사람들은
한국인들밖에 없다는 유엠부틴 러시아 학자의 말은
왜 이리도 부끄럽고 안타깝게 다가오는가

단군조선 흔적

단군조선의 대표적인 유물은
고인돌 비파형동검 빗살무늬토기 적석총
등이 있는데
한반도 요동 요서 산둥반도에 분포되어 있다

동이족의 일반적인 특징은
하늘과 교신하기를 소망하여
안테나 같이 세운 상투
머리를 길게 땋은 변발
하느님과 사람의 매개체라 여긴 새를 닮기 위해
지배층이 행한 편두
몽골반점이라 일컬어지는 반점
며느리발톱이라 일컬어지는 쌍각지
머리에 있는 숨골삼각형
눈 아래의 숨구멍 등이 있다

이러한 동이족은 배달국과 단군조선의 후예들이다

한 뿌리

환국 배달국 단군조선
단군조선의 삼한관경인 진한 번한 마한
조선의 음차에 따른 명칭 숙신 직신 주신 주선

단군조선에 뿌리를 둔 유명한 지파들도 많은데
동쪽 나라들과 서쪽 나라들 사이에 낀 화하족은
이들을 통칭하여 동이(동호)라고 불렀다
동방의 바이킹 읍루
대륙의 기마민족 돌궐 말갈(물길 여진)
한나라가 조공을 바친 흉노(훈족)
훈족은 환족(한족)의 음차에 따른 명칭
선비(연) 거란 몽골 만주족
대부여는 단군조선 44대 구물단군 때 바뀐 국호
북부여 동부여 서부여 동예 옥저
부여와 고구려의 뿌리 예맥
고구려란 국호의 유래인 구리를 생산한 구이족
배달의 치우천왕 이후 한민족 기상을 드높인 고구려
22담로를 설치하여 해왕성국을 건설한 백제
소국을 극복하고 삼국을 통일한 신라

고구려를 이은 남북조시대의 발해
신라 김씨의 후손이 세운 금나라(여진)
금나라를 이은 청나라

단군조선이라는 한 뿌리에서 나왔음에도
여러 국가와 민족으로 갈라진 채
이해관계에 따라 서로를 침략하던 원수지간
중국 사대주의와 소중화란 우월의식에 취해
한반도 북쪽 지파들을 오랑캐라 무시하다
삼전도의 치욕까지 당한
단군조선의 적통이라 자처한 조선
그리고
단군조선을 은폐하는 싹수 안 보이는 후손들

기자조선과 위만조선

기자는 은나라 말기의 대학자로서
천문지리인 낙서와 치국의 도가 담긴
홍범구주를 통해 주나라 무왕과 변론했으며
은나라가 무왕에게 멸망당하자
주나라 왕의 신하가 되지 않겠다며
단군조선의 삼한관경 중 하나인 번한으로 피신했다
그 후손 기후는
단군조선의 변경한 국호인 대부여 때
발해만 주변을 통치하던 번한의 왕이 되었으며
기준 때 위만에게 멸망당했다
위만은 3대가 80여 년간 번한을 다스리다가
한나라 무제에게 멸망하여 한사군 설치를 당했다

은나라에서 번한으로 피신한 기자가
마치 단군조선의 전성기를 이끈 것처럼 왜곡하고
한무제에게 대부여 한쪽을 뺏긴 것도 괴로운데
멀쩡한 진한 마한까지 무제에게 멸망한 것처럼
두루뭉술하게 단군조선 멸망을 이야기한다
삼한의 후손이란 자들 스스로가

환함에 대하여

새벽과 아침 사이
어둠을 밀어내며 온 누리가 환해 온다
환하다는 말은 얼마나 생동감 넘치는 말인가
우리 겨레 최초의 국가 이름도 환국
최고 지도자 호칭도 환인
환국 다음의 나라 배달도 밝다를 지칭한 말
환웅은 환하고 큰 군장이란 말
단군조선 관경제도인 삼한의 한은
환의 또 다른 발음
단군조선의 변경한 국가 명칭 대부여는
동녘이 부옇게 밝아오는 것을 상징한 국호
항상 밝음을 좋아하여 환한 마음으로
대대손손 천제인 하느님께 제사 지내던 민족
지금의 국호는 대한민국
이념처럼 세상을 대단히 환하게 밝혀 나가길
간절히 기원하는 아침
심장 같은 붉은 해가 하늘의 응원처럼 떠오른다

개천절

개천開天이란 하늘이 열리다 라는 말로써
환웅이 신시神市 배달국 건국한 것을 이르는 말
홍익인간 재세이화의 대업을 시작한
음력 10월 3일이 바로 개천일
환국에서 함께 온 무리 3천 명과
태백산 신단수 아래에서
천손天孫 의식 속에 하느님께 제사 후
축제 속에서 새로운 세상을 선포한 날을
기념하는 것이 개천절

그런데 왜 단군의 개천절로 둔갑했을까

배달국의 열네 번째 왕은
전쟁의 신이라 칭해진 자오지천왕
기왓장에도 도깨비 형상으로
대대손손 의지가 되어준
우리 겨레 최고의 병법가이자
무기 발명가이며 명장인 치우천왕

홍익인간 재세이화 사상이 현존하고
치우천왕의 무덤이 산동에 있는데
신시 배달국이 국사 교과서에 실리지 않는 것은
어인 까닭일까

제사장의 나라

은하수처럼 하얀 옷을 입고
하느님께 제사를 지내온 겨레
새해가 되면 축제 분위기 속에서
하느님을 기리던 온 나라 백성들
단군조선 이전부터 천부경의 뜻을 되새기며
하느님을 경외하고
이웃을 아끼며 살자고 다짐하던
슬기롭고 어진 천손의 민족
창조주의 이치 따라 살고자
태호 복희의 태극 팔괘처럼
신라의 첨성대처럼
천체의 운행을 연구하던 선조들
순결하게 하느님을 우러르며 살고자
백색 바탕의 태극기를 만든 나라

태극기

초등학교 국기 봉에 찌든 때의 회색빛 태극기가
코로나 정국처럼 축 늘어져 있다
태극기는 배달국 5대 환웅의 막내아들 태호 복희가
우주원리를 살펴 태극 팔괘를 그리고
첨성과 치수를 하는 데 사용하였으며
임시정부 투사들에게는 조국의 상징이었는데

태극은 음과 양의 조화를 나타내고
왼쪽으로 둥글게 돌아가고 있지
영혼이 하느님 계신다는 자미원에 갈 때의
왼쪽 방향 은하수의 아리랑 길을 표현한 것
사괘는 하늘 땅 인간 세상의 변동과 방향을 나타내고
태극기의 바탕색은 백의민족의 상징인데
흰색은 눈부시게 밝은 신의 모습을 기리며
순결한 마음으로 하얀 옷을 입고 제사 지내던
배달겨레의 숭고한 모습을 표현한 것

거룩하기까지 한 태극기가
독고노인처럼 외톨이 되어 괄시받아서야 되겠는가

정안수

정안수 떠 놓고서 이 아들의 공 비는
어머니의 흰 머리가 눈부시어 울었소~~~♬

예부터 우리들의 어머니가 간절히 기도할 때는
정안수를 하얀 사발에 담아 뒤란 장독대에 놓고
새벽 정신으로 북극성을 향해 기도를 드렸지
하얀 은하수길 끝 자미원에 계신다는 하느님을 향해
백 번이고 천 번이고 빌고 빌었지
어떤 번제물보다도 맑고 깨끗하며 지극한 정성
세상살이가 절망스럽다거나 무엇인가 간절해질 때면
본능처럼 바라보던 영혼의 고향 같은 북극성
마고 시대 이전부터 우러러보던 마음의 안식처

은하수가 하얗게 빛나는 고향의 가을밤
일제 치하의 동요를 불러본다
푸른 하늘 은하수 하얀 쪽배엔~~~♬
돛대도 아니 달고 삿대도 없이
가기도 잘도 간다 서쪽 나라로~~~♪
샛별이 등대란다 길을 찾아라~~~♩

진달래꽃

참 좋은 꽃이라 하여 참꽃이라 불리며
선조들 곁에서 살아온 겨레의 꽃아
북풍한설을 거뜬히 견뎌내고
삼월 삼짇날 즈음이면 흐드러지게 피어
어린 내게 미지에 대한 희망으로 부풀게 하던
강인한 동무 같은 꽃아
떠돌다 돌아온 나를 이리 반겨 고맙구나
피려무나 피고 또 피려무나
내 고향 섬마을에도 피고 한라산에도 피고
백두산에도 피고 금강산에도 피고
신시 배달의 청구와 산둥반도의 태산에도 피고
치우천왕이 기개를 떨친 탁록에도 피고
홍산문화의 적봉과 요서 요동에도 피고
묘족이 사는 귀주에도 피고
단군조선의 도읍지 하얼빈과 상춘에도 피려무나
보라색 북극성 따라 피어나는 천지화天指花야
내 혼과 함께 옛 조상들의 땅을 가보자꾸나

효孝

아무도 앉지 않는 지하철의 노약자석
승객들이 손잡이를 잡고 흔들리면서도
당연하다는 듯 남겨둔 자리

외국인들은 이러한 모습을 보고 놀란다 했던가
25시의 저자 게오르규는 한국의 효 사상이야말로
미래를 인간다운 세상으로 만들 수 있다 했던가
단군왕검의 팔대 강령 중 하나인 효 사상이야말로
더불어 사는 세상을 위한 훌륭한 사상이라 했던가
홍익인간 정신이야말로 최고의 사상이라 했던가

환웅이 환인으로부터 통치이념으로 당부받아
홍익인간 재세이화의 신시 배달을 개천한 이래
대한민국 임시정부 건국 강령에 명시되었으며
대한민국 교육법에 교육이념으로 명시된 홍익인간
국민이 피의 혁명을 통해 쟁취한 권리가 아닌
선대 통치자들 스스로 유념한
널리 세상을 이롭게 하여 더불어 잘살자는 사상

마니산 참성단

이곳은 하느님을 기리던 곳
대대손손 단군들이 감사를 드리고 염원을 하며
하늘의 뜻을 따라 더불어 사는 세상을 만들겠다고
맹세처럼 다짐하던 거룩한 장소로써
고려 조선시대까지도 하늘을 우러르던 곳
달에서 지구를 보면 보랏빛 상서로운 기운이
유난히 뻗쳐오른다는 곳
참성단 우물은 병자들을 치유하는 데에
효험이 있었다는데
지금은 꽉 막힌 혈맥처럼 솟지를 않네
환인 환웅 왕검을 기리던 전등사 삼성각에는
삼성인지 산신령인지 모를 탱화만 있고
후손들은 발길조차 끊어진 지 오래인데
등산객처럼 스쳐 가는 바람에
풍경 소리 저 혼자 쓸쓸하구나

찔레꽃

무리 지어 피어나 하얀 햇살 받아 눈부시고
벌 나비 훨훨 향기로운 찔레꽃
그 정취에 취해 불러보는 옛 노래

연분홍 봄바람이 돌아드는 북간도
아름다운 찔레꽃이 피었습니다~~~♬

북간도!!!

윤동주 시인의 고향
일제 강점기 독립군들의 활동무대
배달국 단군조선 북부여 고구려 발해
대한제국의 고종 때조차도
선조들의 땀방울과 피와 숨결이 스민 영토
그러나 지금은 잃어버린 땅
역사마저 수탈당하는 땅

꾀꼬리는 중천에 떠 슬피 울고
호랑나비 춤을 춘다 그리운 고향아~~~♬

함께 가는 길

한 사람이 간 흔적은
발자국이지만
수많은 사람이 연이어 가면
길이 되고
그 길이 세월과 함께 가면
역사가 된다

올바른 길로
어울려 가고 또 가는 모습은
얼마나 아름다운 역사인가

국사 독립

1942년 3월 1일 임시정부 수립 32주년
3 · 1절 선언문에서
우리 민족은 환국이 창립된 이래 라고 하면서
환국 배달 단군 부여 등의 국통을 말하였는데
국사 교과서에는 2020년대에 이르러서도
단군조선조차 신화 속의 나라로 취급하고 있다

조선의 정치와 사상의 토대를 정립한 정도전이
유교주의와 사대주의 사상에 근거하여
기자조선을 정통 단군조선으로 받아들인 후
춘추필법의 중국 역사서인 자치통감을 공부한
이황 이이 등의 기자조선 예찬론을 거쳐
정약용이 아방강역고에서
압록강 이남의 땅은 크지도 작지도 않아
하느님의 마음에 들 수 있었다는 희한한 말로
무덤조차 산둥반도에 있는 기자가
마치 한반도를 통치라도 했던 것처럼
기자 한반도설을 영예롭게 주장하고
이런 내용이 역사 왜곡의 식민사관으로 이용된 후

남북한은 동북공정에 유린당하고 있다

윤동주 시인이 소망하던 국가 독립은 이뤄졌는데
내가 소원하는 국사 독립은 언제나 성취될까

■ 해설

마음이 따뜻한 사람이 쓰는 삶, 사람, 사랑

— 강흥수의 시 세계

권 온(문학평론가)

강흥수는 2001년 첫 시집『마지막 불러보는 그대』를 출간하였고 2002년에는 〈한국시〉와 〈공무원문학〉에서 신인상을 수상하였으며 오늘날까지 20년 이상 작품 활동을 펼치고 있다. 그동안 한국시 대상, 공무원문학상, 한남문인상 등을 수상하면서 문단 안팎에서 상당한 문학성을 인정받았다. 시집『비밀번호 관리자』는 그가 상재하는 아홉 번째 시집이 된다. 이 글은 시인의 최근 시집에서 14편의 시를 엄선하여 시 세계의 핵심을 파악하려는 시도이다. 강흥수는 이번 시집에서 근본, 근원, 고향, 정신 등을 탐색한다. 또한 그는 시골 출신, 섬 출신으로서의 정체성을 순수하고 순박한 방식으로써 드러낸다. 시인이 제공하는 따뜻한 마음은 때로는 뜨거운 마음으로 치솟는다. 이제 감동 가득한 시 세계를 만날 시간이 되었다.

곡괭이로 가시나무를 캐내면서 알았다
뿌리에는 가시가 없다는 것을

밑동에서 가지 끝까지 촘촘하게 둘러싼 가시
건드리기라도 하면 단번에 푹 찔러
피 철철 흘리게 할 것처럼
날카로운 방어 태세를 취하며
야금야금 땅굴 파듯
자드락길 밑으로
밭둑 밑으로
뿌리의 길을 만들어
고추밭까지 영역을 넓혀온 나무
그런데 이 지독한 가시나무조차
뿌리에는 날카로움이 전혀 없다

사람의 근본도 그렇지 않을까

—「뿌리에는 가시가 없다」 전문

가시나무에는 가시가 있다. 무수한 가시들이 가시나무의 "밑동에서 가지 끝까지 촘촘하게 둘러싼" 상태이다. 바늘처럼 뾰족한 가시에 찔린다면 "피 철철 흘리게" 될 것이다. 가시나무는 온몸으로 "날카로운 방어 태세를 취하"고 있다. 그러나 이와 같이 "지독한 가시나무조차" 가시를, 피를, 방어 태세를 해제하는 영역이 있다. 그것은 바로 뿌리이다. 강홍수에 의하면 "뿌리에는 날카로움이 전혀 없다" 또한 "뿌리에는 가시가 없다" 시인의 독창성은 식물의 뿌리를 "사람의 근본"으로 연결한다. 지독하게 날카로운 가시로 무장한 가시나무가 피를 생산하듯이 현대 사회를 살아가는 사람도 대인 관계를 유지하면서 무수한 피를 흘리게 된다. 가시나무에게 뿌리가 있듯이 사람도 근본을 되찾아야 한다. 우리 모두의 내부에는 아이가 살아있기 때문이다.

> 포털사이트에 접속하려는데
> 다섯 번이나 문전박대를 당했다
> 암호가 올바르지 않다고
> 인터넷 세상 속의 나와 대면하지 못하게 했다
>
> 인터넷 세상의 내가 또 다른 나의 일부분이듯
> 이 세상의 나는 다른 세상의 나의 일부분일까
>
> 오십여 년 동안 마음속을 들락거리며
> 근원적인 나를 만나고자 부단히 노력했으나
> 결계라도 쳐놓은 것인지
> 비밀번호를 잘못 입력하는 것인지
> 아직 단 한 번도 나 자신을 만나지 못했다
>
> —「비밀번호 관리자」 전문

컴퓨터, 인터넷, 스마트폰 등은 현대인의 일상에서 거대한 영향력을 발휘한다. 시적 화자 '나'는 네이버나 다음 같은 "포털사이트에 접속하려"다가 "다섯 번이나 문전박대를 당했다" '나'는 "암호" 또는 패스워드 오류로 인해 "인터넷 세상 속의 나와 대면하지 못하게" 되었다. 강홍수는 '나'를 복합적인 관점에서 이해하려고 노력 중이다. 시인은 '나'를 3가지 유형으로 구분한다. 그에 따르면 '나'는 "이 세상의 나" "인터넷 세상의 나" "다른 세상의 나"로 구분된다. 이 시를 읽는 독자들의 호기심을 자극하는 바는 일차적으로 인터넷 세상의 나이다. 거의 모든 사람들이 비밀번호가 생각나지 않아서 포털사이트 접속에 문제가 생긴 경험을 갖고 있을 테다. 이와 같은 장면은 인터넷이 지배하는 현대 사회의 일상을 효과적으로 보여주기도 한다. 그런데 이 작품의 개성은 '다른 세상의 나'라는 표현에서 빛을 발한다. 강홍수는 "오십여 년 동안" "근원적인 나"와의 만남을 기대하였다. 그것은 또한 "나 자신"과의 만남이기도 하다. 시인의 기대감을 우리에게 적용할 수도 있겠다. 우리도 언젠가 다른 세상의 나, 근원적인 나, 나 자신을 만나게 될까?

이 세상에 태어나 십여 년 산 곳도
본향이라고 생생하게 드나드는 꿈속인데
영혼이 태어나 헤아릴 수 없는 세월을 살아온
영혼의 고향은
왜 꿈속에조차 찾아가지 못하는 것일까
너무나 머나멀고 갈 길을 모르기에

영혼조차 다녀오지 못하는 것일까
내가 존재하는 곳은 이 세상인지라
이 세상 꿈밖에 꿀 수 없는 것일까

—「본향」 부분

앞에서 다룬 시 「비밀번호 관리자」와 함께 이번 시집의 핵심 메시지를 전달하는 시이다. 독자들이 이번 시에서 주목할 수 있는 어구로는 "본향" "영혼" "영혼의 고향" 등이 있다. 강흥수가 추구하는 바는 어떤 '근본' 상태이다. 그것은 '나'가 탄생하고 성장한 근원을 가리킨다. 본디의 고향을 뜻하는 '본향'은 '근원적인 나'를 만날 수 있는 장소이다. 시인이 내세우는 본향은 단순한 물리적인 공간이 아니다. 그곳은 '영혼'을 품은 영혼의 공간이자 고향이기 때문이다. '영혼의 고향'은 '근원적인 나'를 만날 수 있는 곳이다. 영혼의 고향은 강흥수가 꿈꾸는 상상의 공간이자 궁극의 장소이다. 그곳은 '나 자신'을 만날 수 있는 '이 세상' 너머의 공간이다. 시인의 관념이 투영된 불가능한 꿈의 공간으로서의 본향이 저기 멀리서 반짝이는 것만 같다.

꿈속 악다구니가 입 밖으로 튀어나와
꿈 밖의 두 귀에 날카롭게 꽂히는 통에
화들짝 깼다
까마귀 소리조차 들려오기엔 너무 먼 오밤중

식물인간처럼 잠든 육체마저도 움직이는
정신이란 무엇일까 생각해본다
꿈에서 돌팔매질을 하는 순간
잠자던 팔이 허공에 휙 팔매질할 때도 있고
꿈속 축구 경기에서 공을 뻥 차는 순간
오른발로 이불을 걷어차 깨는 밤도 있다
현실과는 동떨어진 듯한 꿈에서조차
육체를 움직이는 정신의 힘은 무엇일까
잠재우듯 육체를 죽음으로 이끌어갈 정신은
어떠한 모습일까

—「정신의 힘」 전문

강흥수 시의 지향점을 뚜렷하게 보여주는 시이다. 시인은 여기에서 "육체"와 "정신"을 비교한다. 그는 인간을 구성하는 주요 영역으로서의 '육체'와 '정신'을 어떻게 이해하고 있는가? 강흥수가 바라보는 육체는 "잠"과 연결되고 정신은 "꿈"과 이어진다. 시인에 의하면 정신은 "육체를 움직이는" 역할을 담당한다. 정신은 육체를 지배하고 "잠재우듯" "죽음으로 이끌어갈" 수도 있다. 앞에서 살핀 시들에서 출현했던 '근원'이나 '영혼'과 연결될 수 있는 단어가 정신이다. 이번 시집의 핵심 메시지는 이처럼 관념적이고 근원적인 상태와 강하게 결속되어 있다.

오늘도 마음을 호되게 짓눌러댄다
참 한결같기도 하다

비방과 헐뜯기가 난무하는 정치판과
살인 사기 붕괴 등 갖가지 사건 사고 뉴스가
포승줄에 결박되어 나오듯 줄줄이 소환된다
기쁨을 주는 소식 한마디 없이
마음 멍들게 하고 스트레스 가중시키는 뉴스에
나라를 생각하는 국민들 꽤나 암에 걸리겠다
어쩌면 하도 이골이 나 무감각해지거나
뉴스 듣기를 회피하거나
저런 것쯤은 일상이라고
부지불식간에 세뇌되고 있을지도 모르겠다
일터에서 돌아온 저녁 식사 황금시간대에 멈춰
소화 불량거리 뉴스는 잊거나 늦지도 않고
꼬박꼬박 잘도 찾아온다

—「희망 없는 황금시간」 전문

"황금시간"은 특정 목적의 일을 수행하기에 가장 적절하고 좋은 가치를 가진 시간을 가리킨다. 비슷한 맥락에서 "황금시간대"는 텔레비전 시청률이나 라디오 청취율이 가장 높은 시간대를 의미한다. 초당 광고비가 가장 비싼 방송 시간대이기도 하다. 매우 가치 있고 높은 효율성을 갖는 시간으로서의 '황금시간(대)'에는 어떤 희망이나 바람 또는 기대감이 내재한다. 일반적으로 사람들은 하루의 수고와 피로, 피곤을 씻고 가족과 함께 "저녁 식사"를 나누며 "뉴스"를 보거나 듣는다. 우리는 황금시간대에 송출되는 뉴스를 접하면서 현재의 긍정성을 확

인하고는 한다. 하지만 이 시에 제시된 뉴스에는 "비방과 헐뜯기" "살인 사기 붕괴 등"이 가득하다. "기쁨을 주는 소식"은 전혀 없고 "마음 멍들게 하는 스트레스 가중시키는 뉴스"만이 난무한다. 독자들은 이 시를 읽으며 희망 없는 시대의 현실을 직시하고 우리 사회가 나아가야 할 방향을 점검할 수 있다. 요컨대 이 작품은 많은 사람들의 공감을 이끌어 내면서 어떻게 살아야 할 것인가에 대한 방향성을 제시하는 시이다.

> 시간 꽃이 피었다
> 대나무들이 한세상 작별 인사로
> 처음이자 마지막으로 치렁치렁 피워냈다
> 바람에 치이고 한파에 싸늘해지면서도
> 사그라지는 열정을 끌어올려 피워낸
> 세월 꽃
> 신기한 꽃보다도
> 살아온 내력이 더 아름답다
>
> —「시간 꽃」 전문

강홍수의 시는 식물에게서 삶의 지혜를 길어 올리는 경우가 있다. 가령 시인은 시 「뿌리에는 가시가 없다」에서 '가시나무'에 주목하였다. 이번에 그의 시선을 사로잡은 대상은 "대나무들"과 거기에 핀 "꽃"이다. 강홍수에 따르면 대나무는 단 한 번 꽃을 피운다. "처음이자 마지막으로" "피워"낸 "한세상 작별 인사" 같은 꽃이 여기에 있다. 시인은 이 애틋하고 특별한 꽃을 "시간 꽃" 또는 "세월 꽃"으로 규정한다. 그는 대나무의 꽃에서 '시간'과 '세월'을 보고, "열정"과 "살아온 내력"을 찾는다. 이쯤 되면 '대나무들'은 인간과 포개진다. 우리는 여기에서 인간의 시간, 세월, 삶을 발견한다. 강흥수에 의하면 "신기한 꽃"으로서의 대나무 꽃도 좋지만, 인간의 인생이 더욱 아름답다. 가장 아름다운 꽃으로서의 인생을 더욱 사랑해야겠다.

발바닥을 부드럽게 받아주는
갯벌을 간다
걸음마다 튕겨내듯 딱딱한 보도블록 대신
폭신하게 발목 잡아주는 바닷길을 간다
차를 타고 가도 마음 편치 않은 직장 대신
지게를 지고 가도 콧노래 나오는 굴밭을 간다
봄이 와도 풀 한 포기 날 수 없는 콘크리트길 대신
겨울에도 손톱만 한 게들이 바글대는 갯바다를 간다
긴장되는 사각형 사무실이 아닌
원만한 곡선이 정겨운 갯벌을 간다
세상 딱딱한 길이 아닌
마음 부드러운 길을 간다

—「부드러운 길」 전문

2개의 계열로 구분하여 이해할 수 있는 시이다. 하나

의 계열은 "갯벌" "바닷길" "굴밭" "갯바다" "곡선" "부드러운 길" 등으로 구성되고, 다른 하나의 계열은 "보도블록" "직장" "콘크리트길" "사각형" "딱딱한 길" 등으로 이루어진다. 강흥수는 '도시' 계열 대신 '자연' 계열을 선택한다. 시인은 딱딱하게 굳은 길, 삭막한 도시의 길을 포기하고 부드럽고 포근한 길, 바다로 대표되는 자연의 길을 지향한다. 독자들은 이 시를 읽으며 바다와 곡선에 내재하는 힘과 가치를 깨닫는다.

아버지들이 자식들을 업고
허벅지까지 닿는 계곡물을 건너고 있다
아이를 학교 보내기 위해
히말라야산맥 아래 강처럼 이어진 얼음물을
바지를 벗고 마른 나무 같은 다리로
아이가 젖을세라 먼 길을 건네주고 있다

계곡물 통해 되돌아가는 아버지들의 등 뒤를
감사와 안타까움과 슬픔이 범벅된 눈으로
까무잡잡하게 바라보는 아이들의 모습이
얼음물만큼이나 추워 보인다

튼튼한 다리를 놓아주고 싶다
배움길을 만들어주고 싶다
예전 우리 모습을 보는 것만 같아서
얼굴마저 우리와 너무나 비슷해서

저녁 식사마저 목이 메인다

—「학교 가는 길」 전문

강홍수는 길을 이야기한다. 그 길의 주인공은 "아버지들"과 "아이들"이다. "히말라야산맥 아래"에 놓인 길은 '차마고도茶馬古道'일 수 있다. 중국의 차와 티베트의 말이 교환되었다는 가장 오래된 교역로는 이제 "학교 가는 길"이 된다. '아버지들'이 "히말라야산맥 아래 강처럼 이어진 얼음물을/ 바지를 벗고 마른 나무 같은 다리로" 건너는 이유는 무엇인가? '아이들'이 "계곡물 통해 되돌아가는 아버지의 등 뒤를/ 감사와 안타까움과 슬픔이 범벅된 눈으로" 바라보는 이유는 또 무엇인가? 아버지와 아이들에게는 학교에 가서 교육을 받아야 더 크고 넓은 새로운 가능성이 발생할 수 있다는 믿음이 있기 때문이다. 시인은 그들에게서 "예전 우리 모습을" 발견한다. "얼굴마저 우리와 너무 비슷"한 그들이기에 강홍수는 "배움길을 만들어주고 싶다" 순수하고 순박한 이들을 향한 시인의 마음이 더없이 따스하다.

거동 불편한 팔십칠 세 아버지가 밥상을 차리신다
소라와 돌게를 잡아 바다에서 돌아온 아들을 위해
뜨뜻한 점심을 차리신다
직접 차려서 먹겠다고 여러 번 만류해도
힘들지 않다며 엉거주춤 서서 차려 놓으신다

스무 살이 넘은 아이들에게 차려는 줘도
받아보지 못하는 밥상을
구십 도 허리 굽은 부친으로부터 뜨겁게 받는다

—「뜨거운 밥상」 전문

시인은 "거동 불편한 팔십칠 세 아버지가" 차리시는 "밥상을" 받는다. 그는 "구십 도 허리 굽은 부친"이 차리신 "뜨뜻한 점심을" 받는다. 고령의 노인이 중년의 아들을 위해 "힘들지 않다며 엉거주춤 서서" 차리시는 밥상에는 이중의 따뜻함이 있다. 하나는 뜨뜻한 밥과 반찬이 전달하는 물리적인 따뜻함이고 다른 하나는 그러한 밥과 반찬을 제공하는 아버지의 마음과 이를 수용하는 아들의 마음에 담긴 심리적인 따뜻함이다. 앞에서 살핀 시 「학교 가는 길」과 이번 시 「뜨거운 밥상」에는 강홍수의 따뜻한 마음이 고스란히 드러난다. 이와 같은 시인의 스타일을 뜨거운 센티멘털리즘으로 규정하면 어떨까?

바다의 여왕 참돔을 낚아 올리며
봄날의 버드나무처럼 즐거워하는 도시어부들
고향 바다라서 더 흠뻑 빠져든 내 모습에
아내는 우리도 퇴직 후 귀농하면
배 한 척 장만해서 낚시하잔다
뭐든지 오래 하면 사고가 발생할 수밖에 없고
바다에서 사고 나면 죽음이라고 말했더니
살아간다는 자체가 모험인 세상에서

그렇게 걱정 태산으로 시도조차 안 한다면
도대체 할 수 있는 것이 뭐가 있겠냔다

—「걱정만 해댄다면」 전문

시적 화자 '나'는 텔레비전에서 "참돔을 낚아 올리며/ 봄날의 버드나무처럼 즐거워하는 도시어부들"에게 "흠뻑 빠져든"다. "고향 바다"이기에 감정 이입이 더욱 잘 되는 '나'를 보며 "아내"는 "퇴직 후"에 "배 한 척 장만해서 낚시하"자고 제안한다. 하지만 '나'는 신중한 입장을 표시한다. 바다에서 낚시를 계속하다 보면 사고가 나기 마련이고, "바다에서 사고 나면 죽음이라고 말했"던 것이다. 바로 이 대목에서 드러나는 '아내'의 반응이 멋지다. 삶 자체가 "모험인 세상에서" "걱정만 해댄다면", 그리하여 "시도조차 안 한다면/ 도대체 할 수 있는 것이 뭐가" 있겠느냐는 진술은 '나'에게만 해당하는 게 아니다. 이 시를 읽은 모든 독자들의 마음에 강한 울림을 줄 수 있는 진술이기 때문이다. 미래에 관한 인간의 걱정이나 불안은 대부분 근거가 부족하거나 과도하게 부풀려지는 경우가 많다. 무엇보다도 중요한 바는 일단 시도해 보아야 한다는 것!

등짝에 한 몸처럼 밀착되어야
뒤로 버팅기지 않아 나자빠지지 않는 지게
등에 달라붙는 지게가 있어

목적지까지 옮길 수 있는 무거운 짐

가족 또한 그렇지 않을까
어깨 짓누르는 식구들이 있어
인생이란 고달픈 길을
당연한 듯이
세상 끝날까지 완주하는 것이 아닐까

—「지게」 부분

"지게"는 "무거운 짐"을 "목적지까지 옮길 수 있"도록 설계된 운반 기구이다. 그런데 지게를 바르게 사용하기 위해서는 짐이 "등에 달라붙"어야 한다. 곧 지게의 짐이 "등짝에 한 몸처럼 밀착되어야" 한다. 강흥수는 지게를 보면서 "가족" 또는 "식구들"을 생각한다. 시인에게 가족은 "어깨 짓누르는" "무거운 짐"이다. 지게를 사용하는 사람에게 무거운 짐은 노력과 수고를 요구하는 동시에 목적지에서의 성취감을 제공하는 계기이다. 시인에게 가족은 부담과 희생을 요구하는 동시에 "인생이란 고달픈 길을" "세상 끝날까지 완주"할 수 있도록 돕는 원동력이다. 누군가를 더 멋지고 훌륭한 사람이 될 수 있도록 이끄는, 촉매 역할을 담당하는 가족을 위한 시가 여기에 있다.

중독성 강한 마리화나
어쩌면 이 꼴찌 팀의 경기 모습이

인생살이와 비슷해서 애착이 가는지도 모르겠다
오늘은 졌지만 내일은 이길 수 있을 거란 희망
힘든 오늘 속에 미래의 결실을 바라보며 살아가는
소시민들의 생활 같아서
더욱 가슴 짠하게 보고 또 보는지도 모르겠다
부족한 능력 속에서 어떻게든 성공해보려고
발버둥을 치는 우리네 인생살이와 같아서

—「화나 이글스」 부분

충청남도 안면도에서 태어난 강흥수가 응원하는 "고향 야구팀"은 한화 이글스이다. 한화 이글스에게 "팬들이 붙인 별칭"은 "화나 이글스"이다. "하도 지고 또 져 화가 난다고 하여" 붙인 이름이다. 시인은 "경제에도 정신건강에도 보탬 될 것이 없는" 야구팀의 경기를 "스트레스 받으면서 왜 또 보"는 것일까? '화나 이글스'의 경기를 보다 보면 계속 빠져든다. "마리화나"에 중독되듯이, "꼴찌 팀의 경기 모습"을 보며 그는 "인생살이"를 생각하기 때문이다. "부족한 능력 속에서 어떻게든 성공해보려고/ 발버둥을 치는 우리네 인생살이"가 화나 이글스의 경기에 담겨있기 때문이다. 이 시는 "힘든 오늘 속에 미래의 결실을 바라보며 살아가는/ 소시민들의 생활"을 위로한다. 여기에는 오늘날 대한민국에서 삶을 영위하는 다수의 평범한 사람들을 위한 따뜻한 위무의 기능이 담겨있다.

태양 빛이 가득 담긴 사과 상자를 선물 받았다
달빛처럼 하얗고 노란 달콤함을 음미하면서
예천에서 서울까지의 거리보다 더 긴
친구의 관심과 사랑을 생각했다
빡빡한 중년을 살아가는 속에서도
가을만 되면 나를 잊지 않았다는 듯 보내오는
청자 곡선미 같은 사과
이제는 관심 밖으로 밀려나는 나이에
사과 같은 친구가 있어 외롭지 않은 늦가을이다

—「사랑 사과」 전문

한국인들에게 "사과"는 친숙한 과일이다. 많은 사람들에게 사과는 외국에서 유입된 과일이 아닌 고유한 과일로서 인식되고 있다. 시인은 "사과 상자를 선물 받았다" 사과의 겉은 "태양 빛이 가득 담긴" 붉은색일 테다. 사과의 속은 "달빛처럼 하얗고 노란 달콤함"으로 그득하다. 일교차가 큰 고지대에서 잘 자란다는 사과의 산지로써 경북 "예천"은 적절하다. 강흥수는 사과를 먹으며 '예천'에서 "서울까지의 거리"를 생각하고 그것보다 더 긴 "친구의 관심과 사랑을 생각했다" "빡빡한 중년" 또는 "이제는 관심 밖으로 밀려나는 나이에" 위치한 그에게 매해 가을마다 "청자 곡선미 같은 사과"를 보내는 "사과 같은 친구"가 있다는 것은 행운이다. 우리도 주위에 한결같은 사람, 감사한 사람이 있는지 찾아볼 일이다. 사과는 사람이고 사랑이다.

> 한 사람이 간 흔적은
> 발자국이지만
> 수많은 사람이 연이어 가면
> 길이 되고
> 그 길이 세월과 함께 가면
> 역사가 된다
>
> 올바른 길로
> 어울려 가고 또 가는 모습은
> 얼마나 아름다운 역사인가

—「함께 가는 길」 전문

이 시는 "한 사람"의 "발자국"을 다루고, "수많은 사람"의 "길"을 살피며, "그 길이 세월과 함께" 할 때 "역사가" 됨을 이야기한다. 시인은 여기에서 한 사람, 한 사람의 작은 "흔적"들이 쌓이고 쌓여서 "올바른 길"이 되고 "아름다운 역사"가 된다는 믿음을 보여준다. 어울림으로서의 길, 호응으로서의 길을 제시하는 강흥수의 시는 매력적이다.

14편의 시를 중심으로 강흥수 시집 『비밀번호 관리자』를 점검하였다. 우리는 이번 시집을 함께 읽으며 시인의 시 세계를 드러낼 수 있는 다양한 키워드들이 있음을 확

인하였다. 오랜 고심 끝에 강흥수 시 세계의 핵심을 '사람(들)' 또는 '인간'에게서 찾고자 한다. 이 자리에서 이야기하는 사람, 사람들, 인간의 범위에는 부모님과 아내를 포함한 가족 또는 식구들이 있고, 친구가 있고, 소시민들이 있다. 또한 히말라야산맥 아래에 사는 아버지들과 아이들도 있다. 시인에게는 이와 같은 수많은 사람을 향한 신뢰가 있다. 이와 같은 신뢰를 사랑으로 규정해도 좋겠다.

달라이 라마Dalai Lama는 이렇게 이야기한다. "좋은 사람이 되어라, 마음이 따뜻하고 다정한 사람이 되어라. 그것이 나의 근본적인 신념이다. 배려하는 감각과 연민의 감정을 갖는 것은 마음의 평화와 행복을 가져올 것이고 자동적으로 긍정적인 분위기를 생산할 것이다(Be a good human being, a warm-hearted affectionate person. That is my fundamental belief. Having a sense of caring, a feeling of compassion will bring happiness of peace of mind to oneself and automatically create a positive atmosphere.)."

강흥수는 좋은 사람이자 마음이 따뜻한 사람이다. 그는 배려하는 느낌과 연민의 감정을 토대로 사람들을 대한다. 시인은 자신과 타인의 삶에 마음의 평화와 행복을 선물한다. 또한 그의 이와 같은 노력은 사회 전체에 긍정적인 분위기를 공급한다. 강흥수의 시는 단순한 언어가 아니다. 시인의 시는 언어이자 삶이고, 인생이자 사회이며 역사이다. 우리는 그가 걸어가는 시의 앞날에 빛나는 열 번째 시집, 열한 번째 시집이 출현할 것을 믿고 또 믿는다.

황금알 시인선

01 정완영 시집 | 구름 山房산방
02 오탁번 시집 | 손님
03 허형만 시집 | 첫차
04 오태환 시집 | 별빛들을 쓰다
05 홍은택 시집 | 통점痛點에서 꽃이 핀다
06 정이랑 시집 | 떡갈나무 잎들이 길을 흔들고
07 송기홍 시집 | 흰뺨검둥오리
08 윤지영 시집 | 물고기의 방
09 정영숙 시집 | 하늘새
10 이유경 시집 | 자갈치통신
11 서춘기 시집 | 새들의 밥상
12 김영탁 시집 |새소리에 몸이 절로 먼 산 보고 인사하네
13 임강빈 시집 | 집 한 채
14 이동재 시집 | 포르노 배우 문상기
15 서 량 시집 | 푸른 절벽
16 김영찬 시집 | 불멸을 힐끗 쳐다보다
17 김효선 시집 | 서른다섯 개의 삐걱거림
18 송준영 시집 | 습득
19 윤관영 시집 | 어쩌다, 내가 예쁜
20 허 림 시집 | 노을강에서 재즈를 듣다
21 박수현 시집 | 운문호 붕어찜
22 이승욱 시집 | 한숨짓는 버릇
23 이자규 시집 | 우물치는 여자
24 오창렬 시집 | 서로 따뜻하다
25 尹錫山 시집 | 밥 나이, 잠 나이
26 이정주 시집 | 홍등
27 윤종영 시집 | 구두
28 조성자 시집 | 새우깡
29 강세환 시집 | 벚꽃의 침묵
30 장인수 시집 | 온순한 뿔
31 전기철 시집 | 로깡땡의 일기
32 최을원 시집 | 계단은 잠들지 않는다
33 김영박 시집 | 환한 물방울
34 전용직 시집 | 붓으로 마음을 세우다
35 유정이 시집 | 선인장 꽃기린
36 박종빈 시집 | 모차르트의 변명
37 최춘희 시집 | 시간 여행자
38 임연태 시집 | 청동물고기
39 하정열 시집 | 삶의 흔적 돌
40 김영석 시집 | 거울 속 모래나라
41 정완영 시집 | 詩菴시암의 봄
42 이수영 시집 | 어머니께 말씀드리죠
43 이원식 시집 | 친절한 피카소
44 이미란 시집 | 내 남자의 사랑법法
45 송명진 시집 | 착한 미소
46 김세형 시집 | 찬란을 위하여
47 정완영 시집 | 세월이 무엇입니까
48 임정옥 시집 | 어머니의 완장
49 김영석 시선집 | 모든 구멍은 따뜻하다
50 김은령 시집 | 차경借憬
51 이희섭 시집 | 스타카토
52 김성부 시집 | 달항아리
53 유봉희 시집 | 잠깐 시간의 발을 보았다
54 이상인 시집 | UFO 소나무
55 오시영 시집 | 여수麗水
56 이무권 시집 | 별도 많고
57 김정원 시집 | 환대
58 김명린 시집 | 달의 씨앗
59 최석균 시집 | 수담手談
60 김요아킴 야구시집 | 왼손잡이 투수
61 이경순 시집 | 붉은 나무를 찾아서
62 서동안 시집 | 꽃의 인사법
63 이여명 시집 | 말뚝
64 정인목 시집 | 짜구질 소리
65 배재열 시집 | 타전
66 이성렬 시집 | 밀회
67 최명란 시집 | 자명한 연애론
68 최명란 시집 | 명랑생각
69 한국의사시인회 시집 | 닥터 K
70 박장재 시집 | 그 남자의 다락방
71 채재순 시집 | 바람의 독서
72 이상훈 시집 | 나비야 나비야

73 구순희 시집 | 군사 우편
74 이원식 시집 | 비둘기 모네
75 김생수 시집 | 지나가다
76 김성도 시집 | 벌락마을
77 권영해 시집 | 봄은 경력 사원
78 박철영 시집 | 낙타는 비를 기다리지 않는다
79 박윤규 시집 | 꽃은 피다
80 김시탁 시집 | 술 취한 바람을 보았다
81 임형신 시집 | 서강에 다녀오다
82 이경아 시집 | 겨울 숲에 들다
83 조승래 시집 | 하오의 숲
84 박상돈 시집 | 와! 그때처럼
85 한국의사시인회 시집 | 환자가 경전이다
86 윤유점 시집 | 내 인생의 바이블 코드
87 강석화 시집 | 호리천리
88 유 담 시집 | 두근거리는 지금
89 엄태경 시집 | 호랑이를 탔다
90 민창홍 시집 | 닭과 코스모스
91 김길나 시집 | 일탈의 순간
92 최명길 시집 | 산시 백두대간
93 방순미 시집 | 매화꽃 펴야 오겠다
94 강상기 시집 | 콩의 변증법
95 류인채 시집 | 소리의 거처
96 양아정 시집 | 푸줏간집 여자
97 김명희 시집 | 꽃의 타지마할
98 한소운 시집 | 꿈꾸는 비단길
99 김윤희 시집 | 오아시스의 거간꾼
100 니시 가즈토모(西一知) 시집 | 우리 등 뒤의 천사
101 오쓰보 레미코(大坪れみ子) 시집 | 달의 얼굴
102 김 영 시집 | 나비 편지
103 김원옥 시집 | 바다의 비망록
104 박 산 시집 | 무야의 푸른 샛별
105 하정열 시집 | 삶의 순례길
106 한선자 시집 | 울어라 실컷, 울어라
107 김영철 어린이시조집 | 마음 한 장, 생각 한 겹
108 정영운 시집 | 딴청 피우는 여자
109 김환식 시집 | 버팀목
110 변승기 시집 | 그대 이름을 다시 불러본다
111 서상만 시집 | 분월포芬月浦
112 잇시키 마코토(一色真理) 시집 | 암호해독사
113 홍지헌 시집 | 나는 없네
114 우미자 시집 | 첫 마을에 닿는 길
115 김은숙 시집 | 귀뜀
116 최연홍 시집 | 하얀 목화꼬리사슴
117 정경해 시집 | 술항아리
118 이월춘 시집 | 감나무 맹자
119 이성률 시집 | 둘레길
120 윤범모 장편시집 | 토함산 석굴암
121 오세경 시집 | 발톱 다듬는 여자
122 김기화 시집 | 고맙다
123 광복70주년,한일수교 50주년 기념 한일 70인 시선집 | 생의 인사말
124 양민주 시집 | 아버지의 늪
125 서정춘 복간 시집 | 죽편竹篇
126 신승철 시집 | 기적 수업
127 이수익 시집 | 침묵의 여울
128 김정윤 시집 | 바람의 집
129 양 숙 시집 | 염천 동사炎天 凍死
130 시문학연구회 하로동선夏爐冬扇 시집 | 안개가 자욱한 숲이다
131 백선오 시집 | 월요일 오전
132 유정자 시집 | 무늬
133 허윤정 시집 | 꽃의 어록語錄
134 성선경 시집 | 서른 살의 박봉 씨
135 이종만 시집 | 찰나의 꽃
136 박중식 시집 | 산곡山曲
137 최일화 시집 | 그의 노래
138 강지연 시집 | 소소
139 이종문 시집 | 아버지가 서 계시네
140 류인채 시집 | 거북이의 처세술
141 정영선 시집 | 만월滿月의 여자
142 강홍수 시집 | 아비

143 김영탁 시집 | 냉장고 여자
144 김요아킴 시집 | 그녀의 시모노세끼항
145 이원명 시집 | 즈믄 날의 소묘
146 최명길 시집 | 히말라야 뿔무소
147 시문학연구회 하로동선夏爐冬扇 시집 2 | 출렁, 그대가 온다
148 손영숙 시집 | 지붕 없는 아이들
149 박 잠 시집 | 나무가 하늘뼈로 남았을 때
150 김원욱 시집 | 누군가의 누군가는
151 유자효 시집 | 꼭
152 김승강 시집 | 봄날의 라디오
153 이민화 시집 | 오래된 잠
154 이상원李相源 시집 | 내 그림자 밟지 마라
155 공영해 시조집 | 아카시아 꽃숲에서
156 미즈타 노리코(水田宗子) 시집 | 귀로
157 김인애 시집 | 흔들리는 것들의 무게
158 이은심 시집 | 바닥의 권력
159 김선아 시집 | 얼룩이라는 무늬
160 안평옥 시집 | 불벼락 치다
161 김상현 시집 | 김상현의 밥詩
162 이종성 시집 | 산의 마음
163 정경해 시집 | 가난한 아침
164 허영자 시집 | 투명에 대하여 외
165 신병은 시집 | 곁
166 임채성 시집 | 왼바라기
167 고인숙 시집 | 시련은 깜찍하다
168 장하지 시집 | 나뭇잎 우산
169 김미옥 시집 | 어느 슈퍼우먼의 즐거운 감옥
170 전재욱 시집 | 가시나무새
171 서범석 시집 | 짐작되는 평촌역
172 이경아 시집 | 지우개가 없는 나는
173 제주해녀 시조집 | 해양문화의 꽃, 해녀
174 강영은 시집 | 상냥한 시론詩論
175 윤인미 시집 | 물의 가면
176 시문학연구회 하로동선夏爐冬扇 시집 3 | 사랑은 종종 뒤에 있다
177 신태희 시집 | 나무에게 빚지다
178 구재기 시집 | 휘어진 가지
179 조선희 시집 | 애월에 서다
180 민창홍 시집 | 캥거루 백bag을 멘 남자
181 이미화 시집 | 치통의 아침
182 이나혜 시집 | 눈물은 다리가 백 개
183 김일연 시집 | 너와 보낸 봄날
184 장영춘 시집 | 단애에 걸다
185 한성례 시집 | 웃는 꽃
186 박대성 시집 | 아버지, 액자는 따스한가요
187 전용직 시집 | 산수화
188 이효범 시집 | 오래된 오늘
189 이규석 시집 | 갑과 을
190 박상옥 시집 | 끈
191 김상용 시집 | 행복한 나무
192 최명길 시집 | 아내
193 배순금 시집 | 보리수 잎 반지
194 오승철 시집 | 오키나와의 화살표
195 김순이 시선집 | 제주야행濟州夜行
196 오태환 시집 | 바다, 내 언어들의 희망 또는 그 고통스러운 조건
197 김복근 시조집 | 비포리 매화
198 시문학연구회 하로동선夏爐冬扇 시집 4 | 너에게 닿고자 불을 밝힌다
199 이정미 시집 | 열려라 참깨
200 박기섭 시집 | 키 작은 나귀 타고
201 천리(陳黎) 시집 | 섬나라 대만島/國
202 강태구 시집 | 마음의 꼬리
203 구명숙 시집 | 뭉클
204 옌즈(阎志) 시집 | 소년의 시少年辞
205 문학청춘작가회 동인지 2 | 그날의 그림자는 소용돌이치네
206 함국환 시집 | 질주
207 김석인 시조집 | 범종처럼
208 한기팔 시집 | 섬, 우화寓話
209 문순자 시집 | 어쩌다 맑음
210 이우디 시집 | 수식은 잊어요
211 이수익 시집 | 조용한 폭발

212 박　산 시집 | 인공지능이 지은 시
213 박현자 시집 | 아날로그를 듣다
214 시문학연구회 하로동선夏爐冬扇 시집 5 | 너를 버리자 내가 돌아왔다
215 박기섭 시집 | 오동꽃을 보며
216 박분필 시집 | 바다의 골목
217 강홍수 시집 | 새벽길
218 정병숙 시집 | 저녁으로의 산책
219 김종호 시선집
220 이창하 시집 | 감사하고 싶은 날
221 박우담 시집 | 계절의 문양
222 제민숙 시조집 | 아직 괜찮다
223 문학청춘작가회 동인지 3 | 고양이가 앉아 있는 자세
224 신승준 시집 | 이연당집怡然堂集 · 下
225 최　준 시집 | 칸트의 산책로
226 이상원 시집 | 변두리
227 이일우 시집 | 여름밤의 눈사람
228 김종규 시집 | 액정사회
229 이동재 시집 | 이런 젠장 이런 것도 시가 되네
230 전병석 시집 | 천변 왕버들
231 양아정 시집 | 하이힐을 믿는 순간
232 김승필 시집 | 옆구리를 수거하다
233 강성희 시집 | 소리, 그 정겨운 울림
234 김승강 시집 | 회를 먹던 가족
235 김순자 시집 | 서리꽃 진자리에
236 신영옥 시집 | 그만해라 가을산 무너지겠다
237 이금미 시집 | 바람의 연인
238 양문정 시집 | 불안 주택에 거居하다
239 오하룡 시집 | 그 너머의 시
240 문학청춘작가회 동인지 4 | 참꽃
241 민창홍 시집 | 고르디우스의 매듭
242 김민성 시조집 | 간이 맞다
243 김환식 시집 | 생각이 어둑어둑해질 때까지
244 강덕심 시집 | 목련, 그 여자
245 김유 시집 | 떨켜 있는 삶은
246 정드리문학 제10집 | 바람의 씨앗
247 오승철 시조집 | 사람보다 서귀포가 그리울 때가 있다
248 고성진 시집 | 솔동산에 가 봤습니까
249 유자효 시집 | 포옹
250 곽병희 시집 | 도깨비바늘의 짝사랑
251 한국 · 베트남 공동시집 | 기억의 꽃다발, 짙고 푸른 동경
252 김석렬 시집 | 여백이 있는 오후
253 김석 시집 | 괜찮다는 말 참, 슬프다
254 박언휘 시집 | 울릉도
255 임희숙 시집 | 수박씨의 시간
256 허형만 시집 | 만났다
257 최순섭 시집 | 플라스틱 인간
258 김미옥 시집 | 목련을 빚는 저녁
259 전병석 시집 | 화본역
260 엄영란 시집 | 장미와 고양이
261 한기팔 시집 | 겨울 삽화
262 문학청춘작가회 동인지 5 | 파킨슨 아저씨
263 강홍수 시집 | 비밀번호 관리자